詩集

鼓動

井上摩耶
Maya Inoue

コールサック社

詩集

鼓動

目次

Ⅱ　山小屋

Ⅲ　スモールワールド

詩集

鼓動

井上摩耶

序詩

鼓動

オイルの香りがするジッポ
いつも平穏な心を保つ為に
父は銀製品を静かに磨いていた

幼い頃よくお風呂に入れてくれたそうだ
大きくなると
お風呂場からは
シャンソンを歌う父

女の子なのに
グローブを付けてキャッチボール
公園で何度も転びながら
自転車の乗り方を教わり
川辺の道を一緒にサイクリング
夏休みには八ヶ岳へ
山登りは大の苦手で困らせた

離れて暮らすようになって
喧嘩も増えて
父を恨んだ時期があった
母を守らなければと必死だった

父は持病に悩まされる

酸素ボンベのことを
「宇宙遊泳」だと書いていた
母を置いて父を見送る日
狂ったように泣いた日
父は必死に生きた
ドクンドクンドクン……
ずっと側に感じている
導いてくれている
書くことをやめない私がいる

シュッと磨かれたジッポ
揺らめく火
夜の中で
ドクン……

I

鍵をなくした貝殻

一枚の写真

精神科閉鎖病棟
カギだらけの空間に
人生の一時を預けたことがある

正常と疑わない自分が
異常と判断され
いつの間にか押し込まれていた空間

そこで仲間も出来るが
友達は作らないと決めていた

一時の共同生活をしたからといって
友達になれるわけではないし
そこを出ればお互い違う生活
ただ挨拶だけは
ただタバコを吸う時は
笑って話した

ある夕方
夕食の後の一服に外へ出た時
私を含め女の子三人で公園まで歩いた
それぞれがそれぞれの想いを抱え
なんとなく歩き回った
私以外の二人もここでは友達を作らないと
そう決意していたみたいだ

帰る間際
ライオンの形をした遊具に登る二人を見て
私は写真を撮っても良いかと聞いた
二人は近寄り笑顔でこちらを見た
ピースサインをする
その瞬間にパシャリと携帯で写真を撮った
たった一枚　しかし良く撮れた写真だった
行くあてもないこの写真が
退院した後も私の携帯に保存されていた

ストリップダンサー
自殺未遂を繰り返す女の子
近親相姦の闇を抱えた女性
拒食症になったモデル

皆来た所もそこにいる理由も違ったが
どこか正常と異常の狭間を
そこでは異常も正常と
思い違いが出来る場所だったのかもしれない

その想いが皆をなんとなく繋ぎ
共に食事やアクティビティ等をする
どこかで分かり合えないと知っていても
何かしらの傷を負った者として
お互いを尊重して干渉はしなかった

残った一枚の写真
退院した後何度か見た記憶がある
二人の笑顔がとても生き生きしていて
それでいてどこか悲しくて……

この先も会う事のない二人だが
あの夕暮れの中
枯葉を蹴って歩いた公園を
あのカギだらけの空間を
私は忘れない

鍵をなくした貝殻

ゆっくりと貝殻が閉じていく
まるで呼吸をやめていくように
チャリン　と鍵をかけて
そのまま開かない

私はそれを大事にポケットに入れて
ギュッと握る
そうして街を歩く
お守りでもあるかのように

この貝殻の鍵はどこかへ行ってしまった
どうやってまた開こうか？
目に見えるものはすぐになくなる
心の呼吸がだんだん苦しくなる

私しか知らない場所で
鍵は置き去り
ギュッと握り
貝殻はポケットの中

あぁ、誰かが開いてくれたなら
こじ開けるのではなく
ゆっくりと丁寧に……
あぁ、優しい手で

街を歩く私は
どこの世界の人でもない
きっとそれぞれが
鍵をなくした貝殻を
ポケットに隠している

あぁ、誰か優しい手で
開いてほしい
また呼吸を始められるように……
貝殻はチャリンとポケットの中で鳴った

「鍵はあなたが見つけるのよ」と……

オーバードーズ

「死にたい……」
そう思って薬に手を伸ばそうとした
涙は滝のように流れ落ち
滲んで見えたのは猫たち
よくは見えないけれど
そこに「生」がある
この仔達を置いて逝けるのか？

私は自分の病に気付いた
「負けてたまるか！」

こんな物飲んだ所で死ねるわけもない
「死んでたまるか！」
心で叫んだ
大粒の涙を拭いながら
鼻を何度もかみながら……

ただ少し眠りたい
少しでいい
無意識の中へ……
少し多めに薬を飲んで
クリニックへ電話をかけた
「死にたいけれど、我慢した」
また涙が溢れて
ぐちゃぐちゃの顔

「診察にいらっしゃいますか？」
そんなバカな！
行ける状態ではない
「薬を少し多めに飲んだので、少し眠ります。
診察へは……行ける状態ではありません」
冷静さを　眠気を　感じていた

「パパ　ママ　神様　ごめんね
少し眠るよ」

ぐちゃぐちゃの顔を
枕に埋めて
私は死んだ

誤診

七年を無駄にしたのか？
いや、そうとも思わない
誤診され　薬もカット
必要不可欠な薬だったのに……

三ヶ月でバースト
私は狂気の中へと招かれた
現実は私の中のそれとは違ったらしい
自分で作り出した現実の中
暴れに暴れまくった

主治医を恨むか？
もしくは運命を？
元の状態まで回復するのに
五年はみて下さいと
セカンドオピニオンで言われた

まさに五年と二年が経つが
歳を重ねたこともあり
元の状態に戻れたわけではない
過剰な食欲　不安感　イライラ
今だ悩める部分は沢山ある

鉾先を失った感情が私の中でグルグルする
いったいどうしろというんだ？

幸せを幸せと感じれないままに……
私より辛い立場の人など沢山いるはず
それでも　一人で抱えるには
荷が重すぎて……

この七年は無駄だったのか？
あの時の主治医を恨むか？
それとも運命を？
年中無休のこの暮らしに
私はいつしか慣れて
感謝するしか　そうするしか
出来ないんだ……

愛を求め続けて

自分のアイデンティティなんて
二十歳を超えてもわからずにいた

多分愛されて育った
社会を知らない赤ちゃんの時
家庭は愛に溢れていた気がする……

二歳の時　公共のプールで男の子にキスをした
相手がビックリして泣き出して
浮輪ごとひっくり返った事件があった

友だちになりたかっただけのに
「モンスター！」と叫ばれた

幼稚園に入り先生を追いかけ回した
「先生はみんなの先生！」と
突き放された……
愛情を返して欲しかっただけなのに

五歳　父の仕事でパリに住んでいた時
自慢のランドセルで学校へ行ったら
「邪魔だよこれ！」と毎回言われた
帰り道「アジア人！黄色い外国人！」とも言われた

帰国して日本の学校へ入った
初日　挨拶のために前へ出ると

「外人！宇宙人！」と言われた
それでも私はまだ友達が欲しかった……

小学校中学年
私はおもてに出たくなくなった
ストレスでまつ毛を抜いていた
寂しかった……

中学校
急に人気者になった
「ハーフってなんかいいよね！」
「かっこいい！」
「羨ましい！」
私は混乱した
友達なんていらないって思いはじめた

そんなに上手く波乗りなんて出来ないよ
渡米してわかった
個々が尊重される環境で
私はうずくまる思いだった
「私は誰?」
模索した　迷った　道を踏み外した
崩壊した

気づけばまた愛を求め母にすがった
父に甘えた
二十歳にして赤ちゃんからやり直し
アイデンティティの形成はそう簡単ではなかった
だから書き続けた
それしか残っていなくて……

でもそれでよかった
ずっと形にならなかった私の一部が
「詩」として立ち上がったから
偉そうな事は言えなくても
心の声は聞いてもらえる
小さな居場所を見つけた

そこから広がる自分のアイデンティティ
中東料理を食べれば血がうずくし
気の合う日本人の友達と話すと楽しい
一人でいる時　私には詩がある
ずっとずっと寄り添ってくれる
それでいいんだと思いたい

死ぬために生きる

死ぬために生きよう
そう思った

山積みの「やらなければならないこと」が
私を押し潰し
いつからか
生きることが苦痛になっていた

どれだけの幸せに囲まれていても
それを実感できず

一人寂しい気持ちでいた
溢れる涙は誰も知らなくて……

父が逝ってから
不安定と安定のバランスを取るのが難しくて
少しずつバランスが取れたと思ったら
疲労と空虚感で
全てはグレー色になっていた

父を近くに感じながら
精一杯生きながら
気がついたら
死を考えていた
「そうだ、私も死ぬのだ」と

ならば一度きりの人生
楽しく明るく生きようじゃないか！
そう思った途端に
またつまずいた
つまずくのはとても簡単だ

擦りむいた膝を抱えながら
泣いた
たくさん泣いた
全てが終わる気がした
ならば終わらせればいい！

「死ぬのか！」

「いやいや、まだ終わらせられない」

そんな葛藤の中

猫たちは無邪気に遊んでいる
「この仔たちがいる間は……」
答えは出た気がした

死ぬために生きる
それもいいではないか

明るく楽しくできなくても
苦痛と空虚感に苛まれても
「やる事」はたくさんあるさ
それが「生きる意味」でも
いいではないか
そしていつか死ぬために
生きたって
いいではないか

私がいた

眠れぬ早朝に
抱きしめてくれる人はいなかった

木枯らしの夕方に
コートをかけてくれる人もいなかった

車の後部座席から
ただただ景色を眺めるだけのドライブ

自分よりずっと背の高い人の

顔色を窺う日々
そう思ってきたけれど
私には「私」がいた

眠れぬ夜も
狂気の中でも
「私」は私を見つめ
抱きしめてくれていた

一人なんかじゃないんだ
愛されていなかったわけではないんだ
ただ少しすれ違っていただけ
そうでしょう?

早朝の
木枯らしの夕暮れの
寂しさに耐えてこられたのも
きっと「あなた」がいたから

私の中の「私」が「あなた」となって
ずっとずっと私を見守ってきた

今までも
これからも……

私は「あなた」に愛され
生き抜いていく

生きていること

人の人生が私のそれを変えてゆく
こんなにもはっきりと感じたことはなかった

離れて繋がる
流れて止まって　また流れる

出逢っていなければまた違う
出逢ってその人が変わって
私も変わる

不思議と導かれるように
全てに意味が見出せる
何度泣いても　また立ち上がる

支援者が退職して結婚した
好きな人が怪我をして休職した
大切な友人が緊急入院した
父が居なくなって
母が家で転んだ……

そんな全てが私の人生を変えてゆく
疎遠になった友人が頭を過るけれど
それはそれでもう気にすることはない
また出逢いがあるから

乗り越えることが増えて
乗り越えられないと思っていたことが
いつの間にか過去になっている
手に入らないと思っていたものも
捨てたものもある

神様を信じるから
ご先祖様の存在を
自然の力を信じるから
全て救われているんだと
感謝してまた立ち上がる

頑張っているあの人が
泣いているあの娘が
励ましてくれるあの子が

私を作って私を動かす

「生きている」ことの実感を与えてくれる

怒られて
褒められて
なだめられて
愛されて……

「ありがとう」をたくさん言えるようにしてくれた

だから私はあなたと関わっていることが嬉しいのです

通り雨

土の匂いが舞い上がる
初夏の通り雨
屋根のあるところから
そっと感じている

緑がよろこぶだろうな
花が野が
田んぼが畑が
よろこぶだろうな

人は傘や屋根を探すけれど
自然には不可欠な雨
なんだか不思議
共存していることが

桜が散って
銀杏が芽吹く
グラデーションのように
変化して行く
人の心のように……

私の心の中にも大地があるなら
香っているのだろうか？
この土の匂いのような
柔らかい力強い香りが

アスファルトが濡れてゆき
猫は居眠り
私は少し窓を開けて
香りを楽しんでいる

ハトが遠くでクルックーと鳴いた

Ⅱ　山小屋

寂しいセミ

セミが寂しそうに鳴いている
夏らしい夏を迎えられず
死者たちを送り出しているかのよう

夕暮れ時
空はどんより暗く
今にも雨模様
父の命日まであと二週間
ジメッと肌に汗をかいて
自分らしく過ごせている

エアコンはヤニだらけだった
フィルターを洗ったら
スッキリしてキレイな冷風が流れた

シーツを交換したら
猫たちが真っ先に大運動会
シャワーをしたらゆったり横になろう

―パパは寂しくないよね？―
―だってみんなと一緒だもの―
死んでも寂しかったら
本当に辛いだろうなぁ
だってそれが永遠だから

寂しさを感じるのは
生きているから
生きている証だから
必ずまた笑うし　また泣くから

もう少しね
遠くまで行きたいから
踏ん張るよ
セミたちだってきっと同じ
精一杯鳴いているのに
どこか寂しく聞こえる

生きていることは
精一杯でどこか切ない
―寂しくない生―

なんて　ないよね……

梨水で身体を冷やしながら
また思いにふける……

峠

バスタブのお湯が静かに揺れている
透明で滑らかで それでいてどこか重い……
足の爪のマニキュアが剝げているのが歪んで見えた
今朝
父は峠を越えた

部屋では「アルハンブラの思い出」がかかっていて
父と一緒に病室でイヤホン片方ずつ聴いたのを思っていた
その時父は「心が解放されるんだ」と言った

また父が自分の好きな詩やエッセイを書けるよう
静かに祈るしかなかった

いつも周りはうるさい
しかし今回
父に会いに来て
また果てしない旅へと逝く前に
目と目を合わせて会話が出来たことを　皆に感謝した

夕食はコンビニのゆで卵二つ
表に出る気にはなれなかった
少し開いた窓から
クルマが雨を潰す音がする

明日になればまた違う日

父の苦しそうな呼吸が私の耳で鳴っていて
そのまま薬を飲んで眠ろうとする
夢を見ているようだ
異空間の中　何処か遠い旅に出た気になった

山小屋

雪の中にただ佇んでいる
父の蔵書を守りながら
プラモデルやこだわりの鍋やお皿を
ただじっと守っている

強いなぁ
頼もしいなぁ
でも少し寂しいね
家主を喪ってさ……

山の冬を越えたら
会いに行くから
それまでじっと
待っていてくれますか？

また新たな家主がみつかるまで
もう少し待っていてくれますか？
父の魂はきっとあの家にも
あるんだなぁ

父に包まれて

鳥のさえずりの前に目が覚めた
少し肌寒くて静かな朝……

ここへ来られた
父がずっと待っていたかのように
穏やかで　落ち着いた気持ち

膨大な量の蔵書を
思い出の品を
どうするか？

今はただ
父との時間を大切にしたい
インスタントコーヒーを飲みながら
少しずつ明るくなる外の光を感じている

父はいる
ここにもいる
私の中にもいる
そして　父を忘れない人びとの中にも

鳥の鳴き声
父の鼓動を感じる
ここに後悔だらけの
情けない私がいて

父は温かく見守る

―ずっと見守っているよ―
天からか
地からか
私の全てを
今　父は見ている

こうして生まれる連鎖が
どこかで人に理性をもたらすのだろうか？
―悪い事なんてできないね―
心ではにかんだ

赤いスポーツカーの模型
私がニューヨークで買ってあげたんだ

ちゃんと飾っててくれたんだね
ついでに私の写真も

薄明かりの表では
鳥たちがますます鳴き出して
一日を始めようとしている

赤松の
ひっそり佇む
息吹かけ
大黒柱
亡きあとにも

父の家はまるで主人を喪ったようではなく
むしろ生かしている

そんなふうに感じて
父との思い出がまた増えた気がした

アロマ

母のお見舞いに行った夜
夜中まで眠れなくて
ソファの前のテーブルに飾ってある
父とのツーショットの写真を眺めながら
ピアノ音楽を聴いてみる

父の顔がやわらいで
温かな眼差しで私を見ているかのよう
―居ないなんて信じられないんだ―
ちょっと旅行に行っているだけ

そんな気になった……

猫たちも眠れずにボールで遊んでいる
イヤフォンから流れてくる
ピアノ音楽は心にも心地よく
父と一緒に何度も観た「紅の豚」を思い返している

母はそろそろ起きる時間
体温を計り
夜中のトイレの回数を聞かれ
眠気まなこでなんとか立ち上がるのだろう
―パパ、ママ転んじゃったよ―
―酷い痛みなの。側にいてあげてね―

外が暗闇から薄明るくなる頃
ピアノ音楽にのせて
アロマが香る

病院で一人

夕暮れ時の病院のベンチで
一人緑を眺め
鳥の鳴き声を聞いている母

きっとその病院でも母は外国人一人
皆に良くしてもらっているとはいえ
私の中でいつも何処かで孤独を感じている母がいる

毎日お見舞いに行けたら
私にそのキャパシティがあれば……
母を一人にはしないのに

母は笑って話す
売店で買ったチョコレートの話や
マイカーを持つ看護婦さんの話

「立派だよ
自然の力を借りながら
ママは自分の道を歩んでるよ」

緑が
鳥のさえずりが
母を癒し助ける

後もう少し
自分の家に帰るまで

欠けた灰皿

早朝の
まだ冷えた空気に当たりながら眺めた欠けた灰皿
地中海からやって来たようなブルーと白
生まれた家の時からあったな
また珍しく実家に泊まった朝のこと
コーヒーを片手に　テラスで灰が舞うのを見ている

この灰皿はいつ欠けたんだろう？
ずっとそのまま使ってはいるけれど……
お客さんには出せないね

冷たい風がどんどん灰を飛ばして行く
まるで遠い砂漠の砂を運んで行くように
この灰はどこへ行くのだろうか?
あの人の灰もまた　どこへ飛んで行くのだろうか?

死人の
また生きた人の
灰
欠けた灰皿は
底がなくて耐えきれないのだ
ハトの餌にもならないよ……
辺りを白くして

まだ眠っている母を想い

病院で眠る父を想い
いつ欠けたかわからない　おさない頃からある灰皿
眺めて
ふと旅に出たくなった

あなたは私より長く
私たちを知っているでしょう?
遠い地中海の風が舞った気がした

二足歩行の未熟者

空洞が出来た心に風が通り
ヒリヒリと痛みを増している
傷口を大きく開かれたようになって
手当の術がわからない……

父の肩に乗っかり
ケラケラと笑ったのは
母の腕に抱かれ
スヤスヤと眠ったのは
幾億年前だろう……

私はあれから三十以上は歳を取った
そしてその記憶は億へと昔に追いやられた
父のゴツゴツした手が懐かしい
母の柔らかい胸が恋しい
いつから二足歩行の未熟者として歩いて来たのか……

手当の出来ない傷を負い
それでもまた人を愛し
愛されたいと願い
行く末は愛を愛猫に向けるしか出来ず
独りよがりな生活を続けている

声が聞きたい
触れたい

抱きしめられたい
「愛しているよ」と
強く強くどこまでも持っていかれるように
さらってほしい
そして連れ戻してほしい
幾億年前の暖かな日差しの
あの家と父と母の息づかいを感じる場所へと

二足歩行の未熟者は不器用だから
何度転んでも同じ石でつまずいてしまう
心に出来た空洞もそのままで
それでもいつか
幾億年前のあなた方が蘇る時
私は本当の意味でこの二本足で立てるのかもしれない……

何処かで誰かと

私の親指を甘噛みする牙はまだ小さいけれど鋭く
その力で私に痛みを与えないように
戯れて甘えて舌で舐める優しさ

まだ一月で母親から離れたこの仔達が私に与える安らぎと
まだ母親になりきれない自分の小さな苛立ちに
彼女達は気付いていているのだろうか？

時々煙たそうに見るその目や
黄昏たような顔

きょとんとした表情も
全て本当はこの仔達の母親が見ていたであろう姿

私が今　この仔達と出逢い
ノラとしてではなく
家族として家に迎え入れ
どこか不安を抱えたまま なんとか愛を
与え与えられている

何処かの国で銃を手にした子供がいて
それらを教えた大人がいて
家族は皆にいるはずなのに
見られない笑顔や至福の瞬間

今まさにこの時

何処かで母親から引き離された子供がいて
泣いている母親もいる
そして私の膝の上で子猫がニャッと鳴き
ジッと私を見るのである

何処かで　何処かで
いつか　いつか
誰かと誰かが
争いではない繋がりを
求め与えられ
どんな形でもいいから
家族となって　この星で
胸を癒してほしい……

ひだまり

初春の午後のベッドの上に
ほんわりとひだまりができて
指をスルスルと猫の毛の間に潜ませて
目を閉じて感じる鼓動

抱っこは嫌がるのに
こうして共にベッドに潜り込むのは
すっかりなじみになっていて
痛みを感じ取ってくれているかのように
そっと寄り添ってくれる

窓から射す光が
私たちを照らして
この家の中で静かな幸福《しあわせ》を作る
ひだまりに包まれて愛を感じている
あの日のように……

滑らせる手を猫は心地よく受け止めて
私は精一杯の愛で撫でてやる
あなたが私にそうしたように
安心感という愛撫をこの仔たちに与えたい
レースのカーテンが少し揺れて
私たちはそれぞれの夢を見る

一時だったとしても

こうしている瞬間がこの上ない幸せで
この季節を　この鼓動を
ゆっくり心に刻む
愛を感じるってこういうのかな?
なんて思いながら……

想いは巡り
私の腕枕で眠る猫達が少しの寝息をたてている時
どこまでも果てしない心地よさの中に
消えていくひだまりが
ぽっかりと寂しさを呼ぶ

ほんの一瞬　暖められた部屋で
私は猫達と夢を見た
あの時のあのままのあなたの後ろ姿

遠くに見えて消えて行って目が覚めた
手はギュッと猫の背中を摑んでいた

枕に顔を埋めて少し生温かい涙を
声をこらえるようにして流してから
布団の中から私を見る猫達に微笑んで
私は立ち上がる
そんな繰り返しの中でも
この仔達が来てから涙の数は減ったんだ

―何があっても前向きに―
そう決めた今年の抱負
頭のどこかに置いて
コーヒーを入れにキッチンへと向かう
消えたひだまりのぬくもりと猫達をベッドに残して……

Ⅲ　スモールワールド

内乱という名の戦争

真冬の冷たい風が吹く中
家の窓ガラスが全部吹っ飛んだと聞いた
近くで爆弾が落ちたらしい

電気も水道も
決まった時間にしか使えなくて
それでも生活の為に働き続けている

遠い国で必死に生きている
私の従姉妹

夜は毛布を何枚も体に巻いて寝ていると
お水も電気もあるだけでありがたいんだと
何より命あることがありがたいんだと

「なるようにしかならないのよ」
と言ったそうだ
日本に呼ぶにも 国境が越えられない……

破壊に破壊が続き
街は跡形もなくなっているらしい
母の祖国はまるで違う国になってしまった……
母は特に大騒ぎはしないけれど
時々哀しそうな目をしている

そして日本での自分の人生を精一杯生きている
まるで義務のように

銃を売って爆弾を大量に流して
内乱という戦争を起こさせているのは
誰もがもうわかっている
ただ罪のない市民がどんどん殺され
世界遺産までぶち壊されて
再生という経済復帰を目的に
ただただ叩きのめすのは
もう古いやり口なのではないか？

戦争に戦争を重ね
それでもまだ落ち着かなくて
資源の取り合いの為や

宗教の不一致の為に起こす戦争など
時代遅れもいいところだ

トップが変わらなければ
心から祖国のまた他国の市民を思いやれるような
そんなトップはいないのか！
自分は戦場にも行かず
ブランデー片手にチェスでもしているのか？
それでいいのか！

何年経てば変わる？
これだけ市民が声を上げても
絶える事のない戦争……
何をもってそんな権利があるのというのか？
演説で「人権が大切」と述べたあの人の

たとえそのバックだったとしても
これ以上の犠牲は許せない

従姉妹の笑顔が浮かぶ
いつも笑っている
そして危うい立場のこの日本で
なんとか平常心を保とうとしている人がいる

お願いだよ神様
あなただって望まないこの状況を
私たちの犯している罪を
なんとか軌道修正させてよ……
―平穏な生活―が大切だって
日々暖かな家族や友人の笑顔がある事が
どれだけ大切かを

戒めでもいいからわからせてよ
私は自分の無力感に
溺れそうだよ……

焼き魚

「ねぇ、どうしていつも焼き魚だけ残すの？」
入院中隣のベッドだったおばぁちゃんに聞いた
「私ね、焼き魚たべられないのよ……」
そう言ってそっと窓の外を見た
「そうなんだ……」
年輩の方は魚が好きだと思っていた私は、少し悪いことを聞いたかな
　と思った

入院してすぐ洗濯の仕方や、売店を案内してくれたおばぁちゃん
部屋に居る時は良く話した

身体の小さいおばぁちゃんだった

「内緒にしてくれる?みんなには知られたくないの」
そう言って話し始めた
「私ね、戦時中看護婦をやっていたの。何人もの焼かれた兵隊さんが
運ばれてきてね……。
その匂いが忘れられないの……焼き魚の匂いなのよ……」
「今の看護婦さんたちは優雅よね。あの時は人手不足で、寝ずに仕事
をしたものよ」

そうか、それで焼き魚が食べられなくなったんだ……
苦しかった　そんな思いも知りえないで
旦那様は先に他界してしまい　今では一人暮らしだそうだ
「戦争はね、本当にあっちゃいけないのよ」
私はおばぁちゃんが焼き魚を食べたように箸で突っつくのを見ながら

なんだか想像していた
シェルターにどんどん運ばれて来る怪我をした兵隊さん
対応に追われる看護婦さん
中には命が既に散った者たち
おばぁちゃんはきっと祈りきれない程祈ってきたのだろう
終戦を……

「桜が咲く頃退院でしょう?ウチに遊びにいらっしゃいよ。田舎だけど、つくしが生えるから、一緒に摘みましょう。」
おばぁちゃんは嬉しそうに言った
「はい!」私も嬉しかった
実の祖母を亡くしてどのくらい経つだろう?
私のおばぁちゃんも戦時中父を連れて疎開した
シベリアで捕虜にされたおじぃちゃんを待ちながら……

桜の季節　約束通り看護婦のおばぁちゃんに逢いに行った
駅からのバスからは桜並木が続いていて
最高のお天気だった
亡くなったおじぃちゃんの仏壇に手を合わせて
一緒につくしも摘んだ
たくさんおしゃべりをしてイチゴも食べた
帰り際、つくしのつくだ煮を持たせてくれた
手を振って
「またいらっしゃいね！」と笑っていた

―おばぁちゃん、ありがとう―
―焼き魚が食べられなくて当然だよ―
―元気でね！また来るから―

戦争を知らない私に内緒で教えてくれたこと
胸が痛かったけれど、嬉しかったよ
桜は夕方の風に吹かれて舞い散っていた……

秋の空の下で

少し冷たくなった風に当たりながら
カフェテラスでサンドイッチをほおばって
イヤホンから流れる音楽に身を任せて
街行く人を眺めている

この日　この国では連休の始まり
行き交う人の　それぞれの忙しない感じや
休日を楽しむ様子
杖をついて歩く老人を見て
この国の今を少し感じた

車もバスも流れて
中には楽しそうに笑う子供もいて
自転車の親子連れも
犬を散歩する人も
そうだね「平和ボケ」と呼ばれたこの国の一角に自分もいて……

此処で突然銃撃戦が起きたらどうなるか
此処で何も知らされないままに爆弾が落ちて命落としたら
この国の「平和」は一気に壊れる
砕け落ちる十代の夢のように……

私はこの国がキライじゃないんだ
むしろ好きになった
一度大嫌いになって飛び出してから

私の祖国は此処だと思い知った
だから守りたいんだ

何が出来るか
何処へ行けばいいのか
わからないけれど
愛している人の命がある事を
心から嬉しく思って
側にいられる事を感謝したいんだ

わからないなりに
私は書いて行くだろう
私は死ぬわけにはいかない
そう思って

ベビーカーを押すお父さんを見る

「平和ボケ」なんて言わせない
「平和」に
心から「平穏に」生きている人もいるのだ
だから許さない
たとえ許しても消える事のない傷跡を
この国にもたらす何かがあったら
私は生きて
生きて書き続けてやる

終戦

全ては終わった
どちらが勝者かはわからないが
戦いは終わった

世界が一つの国を破ったのか
一つの国が世界を破ったのか
その謎も解かれぬままに

ただ壊された家も畑も
世界遺産も

市民は立て直すだろう
自分たちの国に誇りを持って

全ては終わった
何処かでまた繰り返すだろうが
どちらが勝者かもわからないが
全ては終わった

ただ残るのは
無数の心身の傷……

癒しの土地

多国籍な土地の海沿いに並ぶカフェレストラン
軽い食事をしながら　いろいろな言語が飛び交い
小さい黒い鳥のように
少し遠くで波に乗るサーファー達
空も青く　白い鳥も飛んで
ヴァカンスを楽しむ　いつの時代もそこは
人を集め　最高の風景で皆を魅了し
昼間の暑い恋のように　毎日変わることなく
人々を少し酔わせる

陽が傾いてくると　あちこちでロウソクが灯され
海に沈んで行く太陽を見ようとまた人が集まる
ヤシの木が影を作り　その葉の間から
沈む太陽に照らされた海が静かに輝き
また今夜も変わらず　秘密を明かした後のように
人々を少し酔わせる

夜　空には少し欠けた月が昇る
海にも月は顔を重ね　また人を集める
今度は恋人達が　口づけを交わす場所となり
街は何も言わずに　その光景をポストカードにする
海は波の音だけで　恋人達を魅了して
ゆったりと　恐怖にも似た黒へと変わり
また人々を少し酔わせる

深夜　人々の気配はなく
あるのは　羽を伸ばした空と海
互いが互いを労り　愛の言葉をかけ合い
静かに静かに　この星を撫でるかのように包みこんで
またいつもそうだったように
生まれた姿で　この宇宙に青を発する

早朝を迎え　鳥たちが鳴くと
ジョギングをする人々が現れ
浮浪者も朝食の調達へ
少しすると　カフェも看板を出しまた人を集める
エスプレッソの香りと共に　眠気眼の旅人が
地図を広げてゆったりと海を眺めながら朝食をとる
ここは　人々の心の傷を隠す
ずっと昔からある癒しの土地

街がざわつき　空と海の恵みを受けながら
また新たな一日を始める

スモールワールド

ねぇ、世界は小さいって言うけれど本当かもね
願えば叶うって言うけれど本当かもね
世界は繋がっていて
みんなの願いが叶っていくのかもね

誰かが誰かの願いを叶えていて
祈りを悲しみを喜びを共にしていて
グローバリゼーションっていうけれど
その言葉の意味より奥深く心で
シンクロしているのかもね

だから悲しみが大きいとどんどん広がってしまうよ
涙の海が出来てしまう前に
止めないとね
絶対にダメだよって　これ以上の犠牲は哀しいよって
祈ることをしないとね　心からさ

解説

傷を受けとめてなお生きる鼓動

佐相　憲一

季刊の文芸誌「コールサック」の中で、その詩が特によく読まれ共感されている詩人の一人である。一号につき数篇発表するエネルギーがあり、そのすべてが単独詩集に再録されるわけではないが、彼女の内面世界からは目が離せないと読者の心に受けとめられているようだ。時に直情的な嘆きや吐露が危うさを感じさせるが、そこが逆に、読者を切実にひきつけるところでもあるだろう。生きていること自体の苦悩や悲しみや喜びを見つめる眼はそれでいて個性的だ。

殻に閉じこもりそうになる寸前で、ひろい世界に心がつながっている。その繊細な位置から放たれる批評の矢。奥深いところで地球という立脚点をもちながら、亡き父の詩の心の鼓動にそっと語りかける。

苦しみながら生きていることの実感まるごと、せつない詩集だ。

本詩集末尾の略歴にある国際的な来歴とも関わっているが、精神的なものとの格闘や、敏感な心を磨き続けてきたことがそうさせるとも言えるだろう。

すでに三冊の個人詩集と一冊の共著による詩画集を刊行している。その発信がもたらした他者との心の対話がさらなる執筆を促し、欠かさず文芸誌に参加することで刺激を受け、こうして待望の新詩集刊行となった。

この間、作者は人生の大きな岐路に立たされた。父親の死である。別々に暮らす母と父と自分の関係。その中で、両親それぞれの愛情を受けてきた作者だが、パパと呼ぶ関係のほかに、詩文学というフィールドの先達者（井上輝夫氏は詩人、フランス文学者、翻訳家であり、二〇一二年には日本詩人クラブ詩界賞を受賞している）としての父の死は、いつも遠くで自分の創作を見守ってくれる存在の喪失であっただろう。作者は生死の深淵という古来人類が見つめ続けてきた痛みを凝視せざるを得なくなった。この詩集には、そうした重い体験が反映されている。と同時に、そこを乗り越えて、父を代表とする異界との行き来もできるようになった心が、ヒューマニスティックでさわやかな言葉にあらわれている。この詩集はそういう意味で、父へのレクイエムと母への感謝に彩られた、個のささやきと叫びであり、世界への声であり、現実と夢が交錯するリアルな心象と言えるだろう。

詩集は、序詩に続いて三つの章に分かれている。

第Ⅰ章「鍵をなくした貝殻」九篇からは、精神の闇を抱えながら懸命に生きる人の心の叫びが切実に伝わってくる。〈精神科閉鎖病棟／カギだらけの空間に／人生の一時を預けたことがある〉で始まる詩「一枚の写真」は、本来自分自身の壮絶な内容を綴っていながら、その特殊空間で出会った女の子二名の存在と交信をさりげなく受けとめて記すことで、さまざまな困難を生きてきた人びとへの眼差しが感じられる。心の病と呼ばれる領域の深刻さの中でもこうしてつながっているものを冷静に記憶し綴るところに、作者が生来の詩人であることを感じさせる。その痛みの眼はこの詩集全体を貫いている。孤独からの救いを求めて歩きながら、〈「鍵はあなたが見つけるのよ」と〉自らにつぶやく詩「鍵をなくした貝殻」、精神科の薬に関する事実が重い詩「オーバードーズ」「誤診」、国際的な出自ゆえに各地で受けた軽薄で残酷なレッテルに苦しみながら、アイデンティティと愛を必死に求め続けてきた告白の詩「愛を求め続けて」、生死の深淵で仔猫の存在に救われる人生哲学の詩「死ぬために生きる」、自分自身の中のもう一人の自分を二人称化して深まる詩「私がいた」、今度は他者たちの存在とつながりが自分を励ます詩「生きていること」、心の中の大地の香りに希望を託す詩「通り雨」。いずれの作品からも、痛々しいくらいの傷の中を前方へと生きる人の、生身の絶唱が聴こえてくる。現代社会の隅っこに追いやられている無数の存在を励ますような詩群でもある。

第Ⅱ章「山小屋」一〇篇は、父への鎮魂と母のこと、家族との想い出、飼い猫との日々、といった身近な存在への親しみがじんわりと伝わる。てらいなく素朴に語る中に、やるせなく淡い詩情が灯っている。

第Ⅰ章の孤独につぶされなかったことで、作者の言葉には何気ない優しさがこもる。特に父親関係に焦点を当てた連作「寂しいセミ」「峠」「山小屋」「父に包まれて」「アロマ」は、これまでの詩集にはなかった新しい包容力を感じさせ、死者に語りかける作者の言葉は娘のそれであると同時に、父の母になったような、しみじみとしたものを響かせている。母を想う詩「病院で一人」、父母との歳月を回想する詩「二足歩行の未熟者」も独特だ。猫との暮らしがほっとさせる二篇「何処かで誰かと」「ひだまり」には、小さな命をそっと見守る保護者の愛の眼がまぶしい。そうした中で、家庭の記憶の象徴のような灰皿に遠いものを思索する詩「欠けた灰皿」は、淡々としているが深い人生の苦みを独自の詩の言葉で表現しており秀逸だ。

第Ⅲ章「スモールワールド」六篇は、この繊細で柔らかい表現者が実存の底から太く語る、現代世界への頼もしい批評眼の詩群である。詩「内乱という名の戦争」が通りいっぺんの反戦詩と違う次元の説得力を持つのは、血のつながったシリアの地の従姉妹、母の祖国、そして自分自身の中に流れる世界融合の血、といった個別の身体性をもって書かれているからだろう。「焼き魚」「秋の空の下で」「終戦」と三篇続く戦争と平和の詩群は、それぞれの作品個性をもって切実だ。人生の途上で触れ合った縁のある人びとの時代への恐れや怒りや嘆きを我が身に引き受けて、自らの人類思想のもとに詩を書く作者に拍手したい。詩「癒しの土地」のような多国籍もしくは無国籍の平和な日常風景の尊さは、多国籍軍の名のもとに弱い者いじめをする世界政治の現状を風刺しているようだ。そんな作者の世界観がさわやかな詩「スモールワールド」で詩集は終わる。祈りの声が聴こえてくる。

序詩「鼓動」に戻ろう。生前の父の様子が自らの関係性と共に回想される。膨大な記憶の中から、印象深い情景が物語となってつながる。この詩集いっぱいに展開される心のありようはすべて、亡き父の詩の心の鼓動へと通じているようだ。

傷を受けとめてなお生きる鼓動が脈打つ詩集となった。

あとがき

父が亡くなってから、二年と少し。

この二年は、心情的にも体調的にも不安定で、それでいて色濃く心に残るものだった。悩んだあげく、第四詩集をこうして形に出来たことを心から感謝している。全体が全て父のことを書いたものではないが、どこか父への追悼詩集になったと認識出来たからだ。

父はいつも私の詩の事を厳しく批評したりはしたが、必ず最後には「書き続けなさい」と言ってくれていた。前の第三詩集『闇の炎』を読んでくれていた時、とても嬉しかった。そして、病の床で私が父の耳元で「焼き魚」を朗読した時には、父の目に薄っすらと涙が滲んで、私に「Good!」と、親指を差し出す仕草をしてくれたのを覚えている。この詩集を父に直接渡すことが出来なくとも、父が側で応援してくれていたのを感じている。

タイトルにもなっている『鼓動』という言葉。佐相憲一さんの編集案を読んで思いついたものである。自分の少し荒い、不規則な息づかいを、佐相さんはきちんと読み取ってくれていた。一日に何度も変動する私の心の動きが『鼓動』というタイトルを生み出した。生きていれば、鼓動はやまない。そして、それに癒されたり、苦しくなったり、振り回されたりする。

今、私は母や、愛する人、先生や友人と共に、亡き父を想いながら、前を向いて生きていこう、書き続けようと強く思っている。詩が私に前を向かせているのだ。

この詩集を製作するにあたり、協力、応援してくれた、母、友人に感謝し、また大の先輩詩人でもある編集者の佐相憲一さん、コールサック社の皆さんに心より感謝を込めて、読んで下さった方の「鼓動」が少しでも微震する事を願いながら、亡き父の追悼詩集とさせて頂きたい。

井上　摩耶

略歴

井上摩耶（いのうえまや）

一九七六年、シリア系フランス人の母と日本人の父の間に横浜で生まれる。日本、フランス、アメリカで生活経験。アイデンティティに悩みながら、舞台美術などを学ぶ。インターネット上や文芸誌「コールサック」に詩を発表。父親である故・井上輝夫（一九四〇〜二〇一五、詩人・フランス文学者）著『聖シメオンの木菟　シリア・レバノン紀行』（ミッドナイト・プレス）の再版を刊行予定。

既刊著書

詩集

『Look at me―たとえばな詩―』（ミッドナイト・プレス）

『レイルーナー―はかない愛のたとえばな詩―』

（ミッドナイト・プレス）

『闇の炎』（コールサック社）

詩画集

井上摩耶×神月ＲＯＩ

『Particulier ～国境の先へ～』（コールサック社）

現住所

〒二二七―〇〇四三

横浜市青葉区藤が丘二―三七―二グリーンヒルｂ三〇二

石炭袋

井上摩耶詩集『鼓動』

2017年11月3日初版発行
著　者　井上摩耶
編　集　佐相憲一
発行者　鈴木比佐雄

発行所　株式会社 コールサック社
〒173-0004　東京都板橋区板橋 2-63-4-209
電話 03-5944-3258　FAX 03-5944-3238
suzuki@coal-sack.com　http://www.coal-sack.com
郵便振替　00180-4-741802
印刷管理　（株）コールサック社　製作部

＊表紙カバー絵　井上摩耶　　＊装幀　奥川はるみ

落丁本・乱丁本はお取り替えいたします。
ISBN978-4-86435-317-5　C1092　￥1500E